LES POÈTES

DE

LA REVUE DE POCHE

PARIS. — TYP. ALCAN-LÉVY, BOUL. DE CLICHY, 62

LES POÈTES

DE

LA REVUE DE POCHE

PÉCHÉS VÉNIELS

PAR

ALBERT MILLAUD

PARIS

LIBRAIRIE DE L'ACADÉMIE DES BIBLIOPHILES

10, *rue de la Bourse*, 10

M D CCC LXVIII

PHILOSOPHIE

A ABEL D'A.......

Nous ne sommes pas vieux, mais le temps vole et fuit,
et sous son aile noire, avec la feuille morte
et la dernière fleur de l'automne, — il emporte
nos beaux rêves dorés dans l'éternelle nuit :
dans l'éternelle nuit, il engloutit sans cesse,
sans que nos tristes mains puissent rien retenir,
notre passé si plein d'amour et de jeunesse,
nos jours d'illusions joyeuses, — et n'en laisse
à nos cœurs déchirés que le ressouvenir.

— Où sont-ils, ces bonheurs qui naissent au collége,
ces rêves enfantés dans un riant sommeil?...
hélas! ils ne sont plus pour nous; comme la neige
blanche et pure qui fond aux rayons du soleil.
Bonheur du temps passé, lointain comme une étoile,
frêle comme un tissu de femme que le vent,
sous les plis agités, rompt en les soulevant;
bonheur qu'en l'effleurant le moindre brouillard voile;

aile de papillon aux soyeuses couleurs,
duvet des fruits nouveaux et pétales des fleurs,
dont le souffle léger d'une femme adorée
enlève en soupirant la poussière dorée.

— Le jour naît, on s'éveille et l'on voudrait encor,
comme l'homme endormi qui rêvait de richesse,
reconquérir son rêve et retenir son or; —
mais il faut te lever et reprendre la laisse
que ta qualité d'homme a rivée à ton cou...
La joie est déjà loin, l'angoisse est à tes portes,
et te voilà muet, pâle, anxieux, debout,
pleurant autour de toi tes illusions mortes,
comme l'arbre — pendant l'ouragan déchaîné,
qui, tendant vers le ciel son sommet décharné,
à ses pieds, où le froid hiver les a jonchées,
regarde son tapis de feuilles desséchées.

1866.

A BLEUETTE

PUISQUE *ton regard tout chargé de flamme*
est jusque dans l'âme
venu m'embraser,
puisqu'entre tes bras, avec ton haleine,
j'ai fondu la mienne
dans un long baiser ;

puisque chaque nuit je te vois sans trêve
venir dans un rêve
charmer mon sommeil ;
puisque ton image, — ombre que j'adore, —
me demeure encore
quand vient le soleil ;

lorsque ton sourire est venu s'épandre,
quand ton regard tendre
sur le mien brilla,
puisqu'encor je vois ce regard me luire,
avec le sourire,
quand tu n'es plus là ;

puisque, quand ta voix, douceur sans pareille !
tout bas à l'oreille
longtemps me parla,
puisqu'encor j'entends, regret qui m'enchante,
cette voix qui chante,
quand tu n'es plus là ;

c'est que l'air qu'on boit, la fleur qu'on respire,
tout est venu dire
à mon cœur charmé,
que j'aime, ô Bleuette, et tout même ajoute
(faut-il que j'en doute?)
que je suis aimé.

RÉHABILITATION

ADAM était un honnête homme,
digne de meilleur compliment,
et s'il croqua jadis la pomme,
c'est qu'il n'a pu faire autrement.

Pourtant on lui jette la pierre,
et, hormis moi qui le défends,
notre père est dans la poussière
calomnié par ses enfants.

Ève était séduisante et belle,
elle avait des pleurs dans la voix...
Que vouliez-vous que fît contre elle
Adam qui n'était pas de bois?

Il était jeune et plein de flamme,
désœuvré, tendrement chéri...
Il fit ce que voulait sa femme, —
c'était d'un excellent mari.

Les hommes manquent de logique
et sont, — juges indélicats, —
d'une sévérité tragique
ou railleuse, suivant les cas.

Adam, voyez comme on l'accable!
et comme, changeant de grief,
en une occasion semblable
on gouaille le chaste Joseph!

Supposez donc qu'Adam peut-être
à la sirène eût résisté, —
pouvez-vous d'ici méconnaître
ce qu'il en serait résulté?

Ève aurait pu, cœur irascible,
demander au Seigneur alors,
— plaidant l'humeur incompatible, —
la séparation de corps.

Et dès lors la terre inféconde
aurait eu l'aspect de la mort,
et nous ne serions pas au monde,
— ce qui me contrarierait fort.

Remettons-lui, sans anathèmes,
son péché, comme, ô mes amis,
nous souhaiterions qu'à nous-mêmes
tous nos péchés fussent remis.

Pour moi, je lui donne sa grâce;
et, mon motif le plus constant,
c'est que j'en aurais, à sa place,
fait pire ou du moins tout autant;

et que si, par bonne fortune,
Dieu, voulant me mettre à l'essai,
M'unissait à certaine brune,
Certaine brune que je sai,

par ma foi, j'agirais tout comme,
sûr de n'être pas le premier;
et si ma belle aimait la pomme,
j'irais cueillir tout le pommier!

A LA DROITE D'ISOLINE

A la droite d'Isoline,
ce serait le canevas
tout tracé, je l'imagine,
d'une ballade très fine
sur ce somptueux repas.
Mais le temps qui nous emporte
tua la ballade, en sorte
qu'il serait mal à propos,
— maintenant qu'elle est bien morte, —
d'aller troubler son repos...
à la droite... mais qu'importe?

—

A sa droite!... n'est-ce pas
vous dire qu'il eût l'allure
de ne prendre à ce repas
ni boisson, ni nourriture, —

comme si c'était assez
pour lui de chanter famine
sur des tropes cadencés —
à la droite d'Isoline !

A sa droite !... Vive Dieu !
il rencontra sous la table
(non sans le chercher un peu)
un petit pied délectable, —
qui se retira soudain ;
mais au front de sa voisine
il vit naître le carmin, —
à la droite d'Isoline !

A sa droite ! En ce beau jour,
ce que ces enfants se dirent,
les petits anges d'amour
cachés dans l'air, l'entendirent.....
Croyez-le, ce n'était pas
une emphatique tartine,
mais des mots chantés tout bas, —
à la droite d'Isoline !

A sa droite!... il discutait
sur la politique, à vide,
et paradoxait; — c'était
harmonieux et stupide, —
elle écoutait (ça suffit)
sans répondre, la mutine.
Voilà ce qu'il dit et fit —
à la droite d'Isoline!

ENVOI

J'avais trouvé pour jamais
la ballade inopportune,
je l'ai dit, madame, mais —
voilà que j'en ai fait une.....
Gardez ces feuillets noircis
dans un souper, en sourdine,
par celui qui fut assis —
à la droite d'Isoline!

HALLUCINATION

GÉRARD DE NERVAL.

AMIS, *qui vîtes mes douleurs,*
vous vous étonnez que les pleurs
ne coulent plus sur mon visage.
Tout bas vous vous réjouissez,
en croyant mes chagrins passés,
et que je suis devenu sage.

Je ne le suis pas plus qu'avant,
— ma joie est comme un coup de vent
qui sur un front écarte un voile.
Un jour m'a rendu triomphant...
Je ressens un bonheur d'enfant!
J'ai découvert une autre étoile...

— Une autre étoile, — depuis hier
je l'ai vu poindre dans l'Ether,
par delà les vertes montagnes,
éclairant mon jardin obscur,
et jetant son feu calme et pur
parmi les feux de ses compagnes.

Hors des atteintes du zéphir,
elle semblait dans un saphir
briller, perle fine enchâssée :
— l'étoile, en ce soir de parfum
naquit au moment opportun,
comme à l'appel de ma pensée.

— Sous l'Orient, comme en son nid, —
elle s'abritait au zénith,
d'où l'étoile polaire émerge,
— immobile à mes yeux fiévreux,
et, dans des limbes vaporeux,
toute blanche comme une vierge.

Pour la contempler plus longtemps
au milieu des astres flottants,

je demeurai jusqu'à l'aurore...
Tandis qu'aux rayons du soleil
toutes perdaient leur ton vermeil,
elle seule brillait encore.

Hélas! quand elle eut disparu,
O mes chers amis! qui l'eût cru?
je fus pleurer comme une femme.
Mourante, elle m'avait jeté
le dernier feu de sa clarté,
qui m'a brûlé jusque dans l'âme.

— En m'entendant parler ainsi
ne riez pas de tout ceci,
ne doutez pas que je sois homme :
ce fut un plaisir infini;
— amis, je ne suis pas fou, — ni
je ne veux me faire astronome.

Mais depuis, ô pleurs superflus,
que celle que j'aimais n'est plus, —

2.

je crois la voir, suave et belle,
dans tous les objets que je vois...
Laissez-moi croire, si je crois
que cette étoile, — c'était elle?

UN VOYAGEUR A SON AMI

Tu sais que j'ai pris le rapide
train qui file comme l'enfer...
Connais-tu rien de plus stupide
Qu'un voyage en chemin de fer?
Je fus — cette chance est unique —
tout seul dans mon compartiment.
— Le moyen d'être poétique
avec un mot aussi charmant!

Tu sais que de Paris à Nice,
l'express s'arrête treize fois...
Je m'étendis avec délice
sur le drap des coussins étroits.

J'allais, — geignant sur ma litière, —
dormir, couché dans mon manteau,
quand on vint ouvrir la portière,
à la gare de Montereau.

Montereau, dans un temps funèbre
où l'on ignorait la vapeur,
a rendu son pont très célèbre
par le meurtre de Jean-sans-Peur. —
Je pestais du fond de mon âme
contre mes hôtes importuns...
Mon ami! je vis une femme
charmante, — avec de grands yeux bruns!...

Tu me connais, je le suppose,
c'est pourquoi je n'ai pas besoin
de dire, qu'avant toute chose,
j'avais choisi le meilleur coin.
Et pourtant (sois discret, de grâce!)
comment? Ma foi, je n'en sais rien,
à Mâcon, elle avait ma place,
j'avais la sienne, — et j'étais bien!

— Mâcon, — tu le sais, j'imagine, —
est en France un lieu très fameux
par son vin et par Lamartine...
Tu les prises beaucoup tous deux.
A Lyon, — la ville incolore,
sur les coussins par moi pliés,
elle dormait, quand vint l'aurore, —
avec mon manteau sur les pieds.

Aux rayons de ce soleil jaune
qui vient chaque matin blêmir
dans le département du Rhône,
moi, je la regardais dormir.
— Elle dormait, douce et sereine,
souriante sous mon regard.
Elle s'est réveillée à Vienne...
(ça fera plaisir à Ponsard!)

Elle avait gardé le silence
depuis douze heures, — donc j'ouvris
la causerie après Valence,
et nous parlâmes de Paris.

Avignon vint, j'en fus bien aise;
nous prîmes un léger repas...
— très bon buffet, par parenthèse,
cela t'intéresse, est-ce pas? —

Décidément, on va trop vite
par l'express, — c'est un grand abus!
Désormais, — jurons par Laffitte! —
je prendrai le train omnibus!
— Puis, ménageant mon auditoire,
dans un discours pas maladroit,
je lui racontai mon histoire,
et comment je faisais mon droit.

— A Toulon, je parlai du bagne
avec un air apitoyé.
Je suis certain que ma compagne
m'a su très gré de ma pitié.
— A Fréjus, je fis une phrase
sur ses beaux yeux pleins de langueur;
— à Canne, évitant toute emphase.
j'ai devant elle ouvert mon cœur.

Maintenant nous sommes à Nice,
hôtel de France, chambre trois.
— La mer aux flots d'azur se glisse
jusque sous le balcon de bois.—
Le facteur quelquefois appelle;
c'est une lettre qu'on reçoit;
quand c'est Madame, — c'est pour elle,
et quand c'est Monsieur, — c'est pour moi.

ORIENTALE

Qu'a donc la sultane hautaine?
Ses beaux yeux lancent des éclairs ;
elle a vu, — près de la fontaine,
le chrétien Stéphen, aux yeux verts.

Douce, elle a regardé sans haine
le chrétien assis près des mers;
mais lui contempla notre reine
d'un œil plein d'un mépris pervers.

Le pacha dit : — « Mon adorée,
« pourquoi cette joue éplorée...
« veux-tu les joyaux de ma cour?

« Veux-tu des perles, ô coquette? »
Elle lui dit : — « Je veux la tête
« de Stéphen, le blond giaour. »

STANCES AU COMMISSIONNAIRE

A J. RENGADE

J'ai besoin de vous, et comme
de ce coin je m'approchais,
vous me parûtes brave homme,
et je vous donnai la pomme
entre les gens à crochets.

Cette lettre que je laisse
aux mains de la probité,
vous allez avec adresse
la porter à son adresse,
— dans la maison à côté.

Parlons bas, — c'est une femme,
le point est très délicat. —
Je t'achète et je réclame
ton silence avec ton âme
contre ce demi-ducat.

En t'attendant, je vais vivre
dans une angoisse à briser;
songes-y, je vais te suivre
du regard; — tu n'es pas ivre, —
ne te fais pas écraser.

Comme, — puisqu'il faut tout dire, —
j'exècre les confidents,
sache au moins te bien conduire,
et ne tente pas de lire
ce que j'écris là-dedans.

Fais, — prends garde à ce chapitre, —
attention à l'époux,
car s'il trouve mon épître
entre tes mains, — le bélître
pourrait te rouer de coups.

Va, ta figure est commune,
— sûre à photographier, —
j'y confierais ma fortune,
mon cher, si j'en avais une
hélas! qu'on pût confier.

Va, j'ai pleine confiance
en toi, — cours, mon Figaro;
mais dans cette circonstance,
par mesure de prudence,
je retiens ton numéro.

VILLANELLE

e croyais que tu m'aimais,
je priais une hautaine;
tes lèvres m'ont dit : jamais!

Quand le soir, je t'exprimais
— mon amour, hélas! si vaine,
je croyais que tu m'aimais.

Les oiseaux sur les sommets
chantent la saison sereine.
Tes lèvres m'ont dit : jamais!

Et pourtant, si tu voulais,
tu serais plus que la reine...
Je croyais que tu m'aimais!

En pleurant, je me soumets
à ton caprice, à ta haine.
Tes lèvres m'ont dit : jamais!

Sois heureuse désormais,
moi, je mourrai de ma peine.
Je croyais que tu m'aimais;
tes lèvres m'ont dit : jamais!

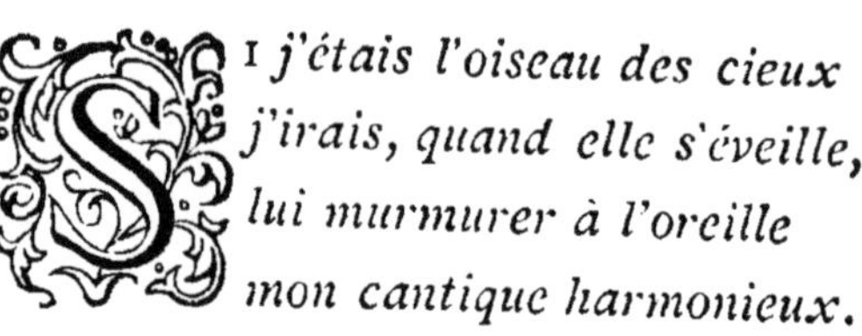

Si j'étais l'oiseau des cieux
j'irais, quand elle s'éveille,
lui murmurer à l'oreille
mon cantique harmonieux.

Si j'étais l'ardente abeille,
pour un miel délicieux,
j'irais, dans mon vol joyeux,
baiser sa lèvre vermeille.

A ses yeux pleins de douceur,
j'irais étaler mon aile,
si j'étais papillon frêle.

Si j'étais petite fleur,
j'aimerais, moite et fidèle,
vivre et mourir sur son cœur.

L'AUBE D'UN JOUR DE MAI (*)

LA MUSE

O poète, mon bien-aimé,
à travers le bois embaumé,
qui te prend de courir si vite?
alors que le printemps vermeil,
sortant fleuri de son sommeil,
à chercher mes regards t'invite?

(*) Cette pièce a déjà paru dans un autre volume de l'auteur, intitulé : « *Fantaisies de Jeunesse.* » Dans la suite, l'auteur en a écrit une contre-partie : *le Crépuscule d'un soir d'automne*, et c'est afin que le lecteur puisse avoir ensemble ces deux portions d'un même tout, qu'il s'est permis de rééditer ici la pièce qu'on va lire.

Vois, l'horizon est pur, l'Océan s'aplanit,
le doux printemps fait tout sourire...
Tout fête Dieu,— l'oiseau le chante dans son nid,
— le parfum de la rose est l'encens qu'il respire...
Poète, à ton tour prends ta lyre,
et célèbre avec moi la saison qu'il bénit!

Pendant que le rayon de l'aurore nouvelle
fait resplendir l'azur des cieux,
poète, viens à moi; — poète, je suis belle!
viens échauffer ton cœur rebelle
à mon sourire et dans mes yeux.

LE POÈTE

Si, devant toi, ma joie éclate,
si le sanglot vibre en ma voix,
c'est que mon âme se dilate,
muse, pour la première fois!
c'est que l'avenir se découvre
à mon cœur qui bat et s'entr'ouvre,
c'est qu'un riant espoir m'a lui.
Un ange à chanter me convie...

C'est qu'il me semble qu'en la vie
j'entre seulement aujourd'hui!

La coupe n'est pas encor vide
où je vois se mirer le ciel,
où ma lèvre s'abreuve, — avide,
d'un nectar plus doux que le miel.
La fleur n'est pas encor fanée,
qui, jusqu'à mon âme étonnée,
lance son arôme embaumé...
C'est que je chante, c'est que j'aime,
c'est, me sentant aimer moi-même,
qu'à mon tour je veux être aimé!

Sous une lumière vermeille,
dans une nuit sans lendemain,
il me semble que je sommeille,
oublieux de tout soin humain.
Cette atmosphère qui m'inonde,
est celle d'un céleste monde
où je m'arrête à chaque pas...
Attends que l'extase s'achève...

Si ce que je sens est un rêve,
Muse ! ne me réveille pas.

LA MUSE

Rêve, ô poète aimé! mais dis à ton amie
qui vient de réveiller, dans ton âme endormie,
cet enthousiasme joyeux :
As-tu donc rencontré le bonheur sans mélange?
As-tu donc vu la main d'un ange
entr'ouvrant le ciel à tes yeux?

Parle, ton cœur s'agite et se sent jeune et libre...
pour la première fois, ton luth t'appelle et vibre,
ta voix est pleine de douleurs.
Viens chanter, ô poète : aux accords de ta lyre
ton cœur, qui palpite et soupire,
joindra sa prière et ses pleurs!

Viens, poète! ton cœur sort de son alvéole,
ton front, sous le rayon d'une blanche auréole,

vient tout à coup de s'abriter.
Dieu mit, sur cette terre où tout homme soupire,
la fleur pour embaumer, la femme pour sourire,
et le poète pour chanter !

LE POÈTE

A l'heure où sur les flots la blanche nuit décline,
le réveil m'a surpris au pied de la colline,
et quand je regardai le ciel pour prier Dieu,
suave et diaphane, ô merveille inconnue !
à mes regards charmés une femme est venue,
dans ses yeux se mirait la clarté du ciel bleu.

C'est depuis qu'en mon cœur l'extase se consomme,
Muse ! j'étais muet, ébloui comme un homme
qui verrait s'entr'ouvrir de loin un coin des cieux.
L'ombre s'évanouit et mon âme glacée
semblait poursuivre encor la vision passée,
hélas ! quand elle était déjà loin de mes yeux !

J'ai senti mon cœur battre, et senti dans mon âme,
s'embraser un foyer de lumière et de flamme;
j'ai perçu vaguement un prochain avenir...
Et j'ai compris alors pourquoi l'âme était faite,—
pourquoi Dieu sur la terre avait mis le poète, —
et que mon rôle était d'aimer et de bénir!

1863.

LE CRÉPUSCULE

D'UN SOIR D'AUTOMNE

LA MUSE

Qu'as-tu? le désespoir te couvre le visage,
toi qui naguères si joyeux
avec ta bien-aimée échangeais sur la plage
de longs baisers mélodieux,
d'où vient que la douleur voile ainsi tes grands yeux?
Ta lyre auprès de toi dort sous un crêpe sombre,
et ses cordes vibrent encor, —
et leur vibration vient réveiller dans l'ombre
de mornes échos, dont l'accord
semble répercuter un cantique de mort.

Qu'as-tu? ton front est pâle et ta main est glacée,
tu n'as plus à ton doigt la bague d'onyx noir,
que te donna ta fiancée
en un jour d'amour et d'espoir;
tes yeux laissent couler une amère rosée
de larmes, — et comme d'un miel
ta lèvre avidement s'abreuve de ce fiel.

LE POÈTE

Oui, je pleure,—et mon âme est pour toujours flétrie,
je pleure,—et toujours l'ombre obscurcira mon front;
je pleure,—et plus jamais sur ma main amaigrie,
tu ne verras briller cette bague chérie;
je pleure, et nuit et jour mes larmes couleront!

Longtemps je t'ai cherchée au fond de la vallée,
Muse, où tu me venais voir, la nuit, quelquefois;
longtemps j'ai parcouru la forêt désolée,
ma voix, dans sa douleur, t'a longtemps appelée,
Muse, et tu n'es jamais accourue à ma voix.

Muse! tu m'as laissé seul, en proie au délire,
et — sur la plage assis, quand aux plaintes des flots
je voulais essayer de me joindre et de dire
combien mon cœur souffrait de son exil,—ma lyre
refusait de répondre à mes tristes sanglots.

LA MUSE

Si j'avais entendu ta plainte,
si j'avais vu pleurer tes yeux,
je serais descendue, ô poète, des cieux,
et, dans ma fraternelle étreinte,
je t'aurais soulagé d'un mal peu sérieux.
Tu te tais, poète, et ta bouche
est muette devant mon amour éploré.
Tu veux rester seul et farouche :
— je rouvrirai mon aile et je m'envolerai.

LE POÈTE

O consolatrice! demeure,
je te dirai pourquoi je pleure,

je te dirai le mal dont tu me vois souffrir.
Après cet aveu qui me pèse,
mon âme sera plus à l'aise,
plus heureux je pourrai mourir.

Te souvient-il, sous la ramée,
De deux enfants qui, pleins d'émoi,
couraient sur l'herbe parfumée,
l'un d'eux était ma bien-aimée,
ô Muse! et l'autre c'était moi?
N'est-ce pas, qu'il te souvient d'elle,
quand, rougissante à mes aveux,
pour cacher sa honte si belle,
elle cueillait la fleur nouvelle,
que je mêlais à ses cheveux?
Il te souvient qu'errant ensemble,
loin des rayons ardents du jour
nous marchions à l'ombre du tremble
chantant aux échos d'alentour
ces variations remplies
d'espérances et de folies
qui sont le thème de l'amour.

Tout paraissait dans la nature,
tout ce que Dieu fit bon et doux,
création et créature,
tout paraissait s'unir à nous;
et les belles fleurs arrosées
par les matinales rosées,
se coloraient et s'animaient,
et jaillissaient de l'avenue
pour souhaiter la bienvenue
aux amoureux qu'elles aimaient.
Lorsque nous passions, ô prodige!
toutes faisaient mouvoir leur tige
comme au passage du zéphir,
et les anémones fidèles
courbaient leurs collerettes frêles
et leurs corolles de saphir.
Et parfois j'entendais bruire
entre ses lèvres un doux rire,
et nous nous mettions à causer;
elle opposait à ma prière
quelquefois un refus sévère
que j'étouffais dans un baiser.

Oh! j'ai trop tôt vidé le verre
où j'étais de joie abreuvé,
hélas! et je n'ai plus trouvé,
au lieu de la sainte folie,
dont je croyais la coupe emplie,
qu'un fond d'une impure liqueur
pleine d'amertume et de lie,
qui m'a soulevé tout le cœur.
La fleur dont j'aspirais l'arôme
n'a plus qu'un parfum échauffé,
mon cœur, par le vide étouffé,
s'épuise atôme par atôme,
et de ce mal, s'il plaît à Dieu,
j'en sens le bienheureux symptôme,
je mourrai comme elle avant peu;
car pour le bonheur trop peu forte,
Muse, ma bien-aimée est morte
en me laissant, pour me briser,
le ressouvenir que j'emporte
de son regard, de son baiser.
Ce m'est, plus que je ne puis dire,
une indicible volupté,

de me rappeler ce sourire
calme et plein de sérénité,
que, de ses ailes effarées,
la mort même avait respecté
sur ses lèvres décolorées.

LA MUSE

Pleure, ô poète, pleure! oh! ce n'est pas mon but
d'étancher à tes yeux ces larmes,
c'est un soulagement amer et plein de charmes.
—De douleurs ici-bas chacun a son tribut;
c'est ton tour aujourd'hui, demain sera le nôtre.
Dieu te frappe en ce coup plus durement qu'un autre;
je partage avec toi ces saignantes douleurs,
ô mon enfant! la vie est, tu l'as dit toi-même,
un tissu de chagrins, de soucis et de pleurs.
Regarde comme un bien suprême
que ta jeune compagne, en fermant ses beaux yeux,
n'ait pas connu ses ironies
et n'en ait qu'effleuré les douceurs infinies
pour les continuer aux cieux.

Surtout tais-toi, poète, évite le blasphème,
d'autres que toi, par Dieu frappés,
dans un accès d'orgueil suprême,
ont contre le Seigneur levé leurs bras crispés.
Ils ont cru qu'il vengeait sur eux sa jalousie,
et lui retirant leur appui,
ils ont fait à la poésie,
lancer, dans leur apostasie,
des malédictions sinistres contre lui.
Enfant, ne suis pas leur exemple,
souviens-toi, poète, à ton tour,
des paroles que dans ce temple
je t'ouïs proférer un jour,
alors que dans ton cœur s'épanouit l'amour...
Tu te vins dans un saint délire
jeter dans mes bras et me dire
que tu sentais ton cœur s'ouvrir,
et qu'une fleur encor fermée,
sous quelque brise parfumée,
en toi s'était mise à fleurir.
Tu me disais aussi, que tu sentais ton âme
s'embraser d'un foyer de lumière et de flamme,

percevoir vaguement un prochain avenir, —
et que tu comprenais pourquoi Dieu l'avait faite,—
pourquoi Dieu, sur la terre, avait mis le poète, —
et que ton rôle était d'aimer et de bénir?

LE POÈTE

Ce que tu me dis me soulage,
Muse, et maintenant je suis fort :
jusques à présent, sans courage,
je voyais partout une image
de désespérance et de mort.
Je luttais; — dans mon insomnie,
dans ma veille et dans mon sommeil, —
je revoyais son agonie
et je maudissais le soleil!

Désolation infinie!
tout ce qu'elle avait préféré,
— les fleurs aux suaves corolles,
— les romans aux douces paroles,
— le chant qu'elle avait adoré,

— le bois dont elle cherchait l'ombre,
— le chêne où dans l'écorce sombre
notre nom était consacré;
— la plage où la brûlante grève
avait conservé, comme un rêve,
l'empreinte de son pied cambré, —
ce qu'avait touché cette femme,
tout représentait à mon âme
un ressouvenir abhorré.

Je les fuyais comme une peste,
j'avais peur de m'en attendrir,
et, dans ma lâcheté funeste,
Muse, je tremblais d'en souffrir.
Je craignais, impuissant, stupide
du désespoir qui m'aveugla,
de dire, — en cherchant dans le vide :

« Et cependant elle était là !
« Elle était là, suave et belle,
« elle était là qui me parlait...
« sa voix, que mon cœur se rappelle,
« avait un accent qui tremblait...

« *C'était une harmonie étrange,*
« *c'était un gazouillement d'ange...*
Hélas! cette voix que j'aimais,
cette musique de mésange,
« *— je ne l'entendrai plus jamais.*
« *Elle était là, suave et belle,*
« *et son regard qui se voilait,*
« *dans une tendresse éternelle,*
« *avec douceur me contemplait, —*
« *ce regard, je me le rappelle...*
« *et ses dents blanches, où brillait*
« *son doux sourire... oh! son sourire,*
« *que j'excitais et que j'aimais,*
« *—ni l'un ni l'autre, ô lourd martyre!*
« *je ne les verrai plus jamais. —* »

C'est pourquoi je fuyais bien vite,
dans les profondeurs de ce bois,
croyant ne plus voir dans ma fuite,
et mes regrets à ma poursuite,
et ce regard et cette voix

Mais je veux maintenant y retourner encore;
peut-être il me sera bien doux de revenir...
Ma sœur! une nouvelle aurore
à mes yeux charmés vient d'éclore...
l'Aube pâle du souvenir!
Elle est là,—je la vois comme une ombre vermeille
qui me regarde en souriant...
j'entends bruire à mon oreille
sa douce voix qui me conseille
la confiance en Dieu, qu'on subjugue en priant.

Je veux, en te suivant, rechercher tout indice
qui me rappellera celle que je perdis;
je veux, Muse consolatrice,
reconstruire avec toi mes beaux jours de jadis.
Je veux, pour que mon cœur ne sente pas son vide,
ô Muse! à ce point m'abuser,
que je puisse à tes yeux voir son regard limpide,
et, dans l'illusion avide,
prendre à ta lèvre son baiser!

5 mars 1866.

LETTRE DE ROME

A ABEL D'A.......

Si j'étais un esprit commun,
si j'étais un talent à jeun
de toute verve,
ou, bon guide dans un pays,
si j'étais monsieur Dupays
que Dieu conserve!...

Enfin, si j'avais voyagé
pour dire au voyageur plongé
dans son extase,
combien tel cloitre ou tel château
peut bien avoir de pieds de haut
depuis sa base;

et quand dans le fond d'une nef,
il admire un buste en relief
de quelque apôtre,
combien, tant en large qu'en long,
la sainte église a de moellon
mis l'un sur l'autre.

Si j'étais l'auteur du bouquin
bien relié de maroquin
que l'on achète
dans les gares et les buffets,
ou bien chez Napoléon Chaix,
et chez Hachette,

je ferais avec onction
une claire description
de pédagogue
sachant tout inventorier,
et t'enverrais par le courrier
un catalogue.

Mais j'aime mieux, comme César,
cherchant ma fortune au hasard,
enfant terrible,
et d'un bon courage pourvu,
ne poursuivre que l'imprévu
et l'impossible!

Et dans ce fourmillant Album,
tantôt réfléchir au Forum,
qui se désole
de voir le vide le hanter,
— tantôt descendre et remonter
au Capitole ;

Tantôt m'égarer dans les bois,
où Flaccus écoutait la voix
des doctes Muses,
— par les prés, où, dans les blés d'or,
l'adroit Fabius Cunctator
tramait ses ruses ;

—tantôt sur ce beau lac Fucin
où Properce, sur un coussin,
près des platanes,
dormait, tandis qu'un peu plus loin,
Tullius composait sans témoin
les Tusculanes:

— tantôt dans la montagne ou sur
le joyeux vallon de Tibur,
que dans leur prose
les Romains appellent tout haut
Tivoli, — mais je ne sais trop
pour quelle cause.

A travers campagne et hallier,
il est si charmant d'oublier
l'âge ou nous sommes,
et, s'égarant quelques instants,
revoir d'autres mœurs, d'autres temps
et d'autres hommes.

Que dis-je donc? s'égarer, mais
on ne peut s'égarer jamais,
je ne sais comme,
car les vieux proverbes romains
prétendent que tous les chemins
mènent à Rome.

Donc, revenant par un chemin
de ce territoire romain,
l'autre semaine,
je reconnus à des tombeaux,
— les uns laids et les autres beaux, —
la voie Appienne.

Dans ces nécropoles, on voit,
taillée au fond du marbre froid,
mainte épitaphe ;
comme en notre monde chrétien,
on peut voir qu'il n'y manque rien
que l'orthographe...

Les Romains nous ressemblent fort,
et dans leurs sentences de mort,
les solécismes
disputent agréablement
leur place sur le monument
aux barbarismes.

Si tu demandes le pourquoi,
je veux bien te répondre, moi,
à ta prière :
les pauvres gens n'avaient pas tort ;
car Lhomond n'avait pas encor
fait sa grammaire!

Si je voulais, comme plus d'un,
me jeter dans le lieu commun
pour moi sans charmes,
grâces à l'élégie en deuil
je pourrais humecter mon œil
de quelques larmes ;

je pourrais m'écrier : Voilà
où Cécilia Metella,
vierge — repose,
et conter à tout l'univers
combien je la regrette, — en vers
— et même en prose.

Mais se lamenter à propos
de charmes moisis, de vieux os
et de vieux plâtres,
— j'aurais, je crois, aussi bon air,
à pleurer le roi Dagobert
ou Henri Quatre.

Puis je sais, à la vérité,
combien ta sensibilité
est excessive;
mon amitié, séchant ce pleur,
veut t'épargner cette douleur
rétrospective.

C'est sur ce mot que je conclus,
mon cher, je ne t'ennuierai plus
de mes ramages,
et je vais cacheter ce pli,
—très satisfait d'avoir rempli
mes quatre pages.

C'est vingt sous que ton groom paîra
pour mes rimes, quand on viendra
te les remettre ;
— et point tu ne t'étonneras,
car à Rome, on n'affranchit pas
— même une lettre.

STANCES

TANT *que ma bourse fut pleine,*
vous m'avez aimé d'amour, —
à peu près une semaine.

Vous eûtes ce qu'une reine
a de plus cher en atour, —
tant que ma bourse fut pleine;

des soupers à perdre haleine
et des bijoux pompadour,
à peu près une semaine;

des coffrets de bois d'ébène
et de bois de calembour —
tant que ma bourse fut pleine.

Vous m'avez trouvé sans peine
plein d'esprit et plein d'humour, —
à peu près une semaine.

Par vous j'eus une douzaine
d'amis, me faisant la cour,—
tant que ma bourse fut pleine.

Mais la joie et la déveine
ont eu chacune leur tour, —
à peu près une semaine,

et pour moi, cette fredaine
N'a pas duré même un jour, —
tant que ma bourse fut pleine,
à peu près une semaine.

A BLANCHE

SAVEZ-*vous bien que je vous aime,*
le savez-vous, mia Sorella?
la bonne preuve de cela,
c'est que je vous fais un poème.
Tantôt la muse me parla,
et m'a dit un nom à l'oreille.
Cela vaut bien qu'on s'émerveille,
c'est votre nom, mia Sorella.

Mia Sorella! *vous voilà dame,*
mais vous étiez si bien jadis,
si bien enfant, que je vous dis :
ne devenez pas trop tôt femme!

Oh ! le beau rêve que voilà,
quitter la pension profonde
pour être admise dans le monde !
Prenez garde, mia Sorella.

Gardez-vous des façons coquettes
des grandes dames de Longchamps,
à qui des chroniqueurs méchants,
donnent le nom de cocodettes.
Vos cheveux sont beaux, et ceux-là,
puisque l'on peut les reconnaître,
per Baccho ! gardez-vous de mettre
de faux cheveux, mia Sorella !

Mia Sorell', *ayez une robe*
simple, avec des agréments bleus ;
que votre épaule aux curieux
sous le corsage se dérobe.
Votre esprit quelquefois brilla, —
fermez la porte aux épigrammes,
parlez peu, — c'est ce que les femmes
ne font jamais, — mia Sorella.

Maintenant s'il faut vous instruire,
qui vous a valu ce conseil
d'un frère, qui n'a son pareil
dans aucun temps, — je dois vous dire
qu'un jour, quand un deuil m'accabla,
où je n'avais plus une idée
dans ma pauvre tête vidée
par la douleur, mia Sorella,

votre bon cœur, rempli d'alarme,
essaya de me consoler,
et je vis que sans me parler
vous pleuriez, et c'est cette larme,
qui de vos grands yeux bleus coula,
qu'avidement j'ai renfermée
dans une cachette embaumée,
et c'est mon cœur, — mia Sorella.

24 juillet.

SCHERZO

La belle capricieuse
dit en riant sous l'yeuse :
« *Voyez-vous au fond des mers*
« *scintiller la perle blonde,*
« *dont la nacre, à travers l'onde,*
« *m'éblouit de ses éclairs.*

Il dit : « *Déjà tu ruisselles*
« *de perles qui sont plus belles ;*
« *folle ! mais je suis marin,*
« *et sous le flot qui déferle,*
« *je t'irai cueillir la perle*
« *pour la mettre en ton écrin.*

Il la regarde et soupire,
la coquette eut un sourire. —
L'enfant hardi plongea, — mais
la mer est vaste et profonde, —
le pêcheur de perle blonde
ne reparut plus jamais.

LAÏS

Hei ! non desinit in piscem.

*P*ARMI *les contes qu'on retient,*
en la voyant il m'en revient
un en mémoire :
Ce n'est pas le petit Poucet
ni la Belle au bois dormant, — c'est
une autre histoire.

Ce n'est pas non plus ce Riquet
dont, en riant, on critiquait
l'étrange houppe, —
aucun de ces récits charmants
que dans l'or et les diamants
Perrault découpe :

pas le chaperon que le loup
croqua, — le trouvant de son goût,
il faut le croire, —
fables dont jadis s'amusait
le siècle du grand Louis, — c'est
une autre histoire.

C'est la Princesse aux cheveux d'or,
aux blonds cheveux qu'avec effort
le vent soulève;
la princesse que chacun dit
la plus belle, sans contredit,
des filles d'Ève.

Or, Laïs un jour dit : — « Je veux ! »
Et Dieu lui donna les cheveux
de cette belle;
il les fit plus beaux et plus longs;
plus doux, plus parfumés, plus blonds :
— c'était pour elle.

— La linotte, qui dans les bois
chante, — a dans sa petite voix
tout un mélange
des sons les plus harmonieux,
des notes qui rendraient aux cieux
jaloux un ange.

Il fallut, pour la contenter,
que sa voix pût aussi jeter
pareille note...
Laïs — Dieu fut sourd cette fois, —
eut la tête au lieu de la voix
de la linotte.

Un tel échange lui déplut.
Plus tard encore, elle voulut
— souhaits bizarres! —
que Dieu lui donnât le talent
de laisser tomber en parlant
des perles rares.

Depuis cet étrange souhait,
le matin, le soir, sa langue est
toujours en route,
dans l'espoir, gravé sur son front,
que quelques perles finiront
par choir sans doute.

Elle a ce qu'il faut pour charmer :
la suave enfant, pour aimer
a son système.
Elle sait s'écrier : Je veux !
passer sa main dans les cheveux,
dire : Je t'aime !

Etant leur sœur en volupté,
du temps d'Homère, elle eût été
de ces sirènes,
qui, vers les terribles rochers,
attiraient les pâles nochers
et leurs carènes.

Oh! ces sirènes d'autrefois
avaient sans doute dans la voix
plus de délices,
et n'avaient de rares griefs
que contre bien peu de Josephs,
bien peu d'Ulysses;

blondes sirènes, dont le sein
avait la vague pour coussin
dans la mer bleue; —
et dont la croupe, — avec raison, —
plongeant sous l'onde, d'un poisson
avait la queue.

Temps béni du ciel! — Aujourd'hui
que nos cœurs auraient moins d'ennui,
si la nature,
comme ces sirènes d'alors,
— Laïs, — avait fini ton corps
à la ceinture.

LE LUNARIEN

Fantaisie.

A ABEL D'A……

I

La lune se renflait à l'instar des coupoles.
Le ciel réfléchissait son éventail changeant,
et sous son reflet pur et sous ses clartés molles,
la mer au flot uni semblait un lac d'argent :
elle était dans son plein, cette phase éphémère
lui donnait tout l'aspect d'une vaste commère,
jetant sur ses voisins des rayons indiscrets, —
et s'épanouissant en un sourire honnête,
— lorsqu'un lunarien sortit de sa planète,
un instant, — pour prendre le frais.

II

Il se dit : « Voyons donc ! pas de vent ! pas de pluie!
« pas de soleil ! — le ciel est terne et sans couleur ;
« je suis un magistrat à plaindre, — je m'ennuie ;
« ma femme me bat froid, — ce n'est pas un malheur!
« La terre est à mes pieds qui m'attire et m'appelle,
« voilà pas mal de temps que je tourne autour d'elle —
« si j'y descendais! Bah ! j'ai si peu voyagé,
« que je puis visiter cette nouvelle sphère;
« sur la mienne, aussi bien je n'ai plus rien à faire
« je vais me payer un congé. »

III

En cet instant passait une étoile filante,
le bon lunarien, habile matelot,
profita de sa marche, au début un peu lente...
Elle le prit en croupe et courut au galop...
Ils passèrent devant Sirius, — la grande ourse
ricana dans sa barbe en voyant cette course ;

— Vénus sourit, — cela parut contrarier
l'Etoile du berger, qui lui fit un reproche,
puis ils vinrent — cahin-caha — tomber tout proche
d'un télescope à Leverrier.

IV

Celui-ci regardait l'étrange aérolithe,
n'en croyant pas ses yeux et murmurant tout bas :
« Quand je raconterai ce miracle à l'élite
« de mes contemporains, ils ne me croiront pas!
« Tous les petits journaux en feront des risées
« les grands formats croiront à des billevesées,
« et seul j'aurai pour moi monsieur Félix Hément. »
— Pendant que Leverrier faisait sa conjecture,
notre lunarien, saluant sa monture,
la congédiait poliment!

V

Il se trouvait alors près de l'Observatoire;
il descendit la rue, afin d'aller ailleurs;

la route était déserte et la nuit était noire, —
l'étranger frissonnait en pensant aux voleurs...
Il vit le mot : Enfer, *peint au coin d'une rue...*
Le sinistre début! l'aventure bourrue!
puis un grand monument, — c'était le Panthéon;
il vit un grand jardin, — désolé, sans lumière, —
un grand pâté carré : « Sans doute un cimetière,
pensa-t-il. — C'était l'Odéon.

VI

Permettez à l'auteur une humble parenthèse :
j'ai commencé ceci sans savoir où j'allais;
j'erre et ne trouve rien, je suis mal à mon aise...
Vaguement cependant, je sais que je voulais
philosophiquement en mes vers faire dire
à ce lunarien une amère satire
de nos mœurs de Paris, mais, redoutable échec,
j'aperçois maintenant, qu'avec mes mains profanes,
je pille impudemment dans les lettres persanes,
et que je crée un autre Usbeck.

VII

Il faut donc m'arrêter, — classiques philosophes!
donnez-moi du courage, — il faut donc en finir!
J'avais déjà rimé six admirables strophes;
six strophes, — sans compter les strophes à venir!
Au feu! — si je gardais ma strophe sur la lune...
il faudrait garder tout, ou n'en garder aucune;
mon étoile filante était du plus haut goût,
et mon lunarien! — Voyons, assez de plainte,
au feu! sans murmurer,—mais la flamme est éteinte,
je me résigne à garder tout!

VIII

Pour ne pas refroidir ma cervelle échauffée,
à l'antique, invoquons la folle du logis,
l'Imagination, — cette adorable fée,
qui met une étincelle aux fronts qu'elle a rougis!
Qu'elle aide en son chemin mon lunarien morne
qui, ne faisant plus rien, s'asseoit sur une borne,

en regardant couler de l'eau sur le pavé,
et donnant le poète au diable au fond de l'âme,
pour l'avoir dérangé...— mais il vient une femme,
— une femme — ah! je suis sauvé!

IX

Merci, toi que bénit le poète perplexe,
toi qui viens comme un port depuis longtemps rêvé...
je te rends grâce, ô toi, — portion de ce sexe
à qui l'on doit sa mère,— et monsieur Legouvé...
Quel philosophe amer, en ces leçons publiques,
dit que les femmes sont des engins diaboliques,
capables de damner le monde en peu d'instants?
Pour une Agnès Sorel. — je choisis mes modèles —
combien de Jeanne d'Arc (j'écrivais de « pucelles;»)
mais je me suis repris à temps.

X

Combien de sœurs en Christ, pour une courtisane!
pour une Messaline hystérique, combien

de pudique Lucrèce et de chaste Suzanne!
pour Dalila, — combien de Judith! Je convien
pourtant que Dalila n'était pas criminelle :
D'abord Samson avait trop de cheveux pour elle,
qui voulait un amant frisé,— mais comme il faut ;
et puis (ce qui surtout à mes yeux la pallie,)
c'est que le rustre, auprès d'une femme jolie,
s'était endormi comme un sot.

XI

On nous dit qu'Ève avait perdu le monde. En somme,
elle était curieuse, et c'est un grand défaut,
alors disons qu'Adam, s'il fut le premier homme,
fut tout en même temps, lecteur, le premier sot! —
donc, la femme a raison dans ce qu'elle propose,
— la femme est la plus belle et la meilleure chose!
et quand monsieur Boileau Despréaux dit du mal
de ce sexe enchanteur, ma foi, je le regarde
comme ce renard dont on avait, par mégarde,
coupé l'appendice caudal!

XII

— Je continûrais bien encor ces dithyrambes, —
c'est un sujet banal, mais charmant à traiter,
à suivre un tel chemin on ne sent pas ses jambes ;
— mais j'ai d'autres devoirs et je dois m'arrêter :
mon héros se morfond, et c'est peu juste en somme,
pour ne pas être femme, on n'en est pas moins homme!
Je crois que sur un banc ma plume le laissa ;
reprenons-le tout chaud, exauçant sa prière, —
au moment très urgent où le froid de la pierre
lui communique un coryza!

XIII

Or donc, il vit de loin trottiner sur l'asphalte
deux petits pieds, chaussés dans des brodequins noirs,
et malgré l'eau du ciel qui lui commandait halte,
les souliers bien vernis paraissaient des miroirs ;
des bas blancs, bien tirés, surgissaient de la tige,
enfermant une jambe adorable, — que dis-je ?

adorable !... une jupe à volants repliés...
mais laissons de côté ces jupes incongrues
et, si vous voulez bien, lecteur, comme les grues
restons un instant sur les pieds.

XIV

— L'Allemande a les yeux d'un beau bleu d'azur pâle;
la Juive d'Orient, au cœur passionné,
la fermeté du sein, orangé par le hâle ;
l'Anglaise le teint blanc comme un nacre veiné;
on admire le nez pur de l'Athénienne.
Les Françaises — néant ! — mais la Parisienne
a les pieds et la jambe... échec inattendu!
a les pieds et la jambe... à quoi bon me contraindre?
Par les grammairiens l'adjectif pour les peindre
n'a pas encore été fondu !

XV

Aux femmes de Pékin n'allons pas chercher noise,
mais, per Baccho ! leurs pieds ne sont qu'estropiés...

La Parisienne seule a des pieds de Chinoise,
et l'autre a des moignons qui ne sont pas des pieds.
Et puis, comme elles sont adroitement chaussées :
On devrait, selon moi, construire des croisées
au ras du sol, — c'est là le plus modeste égard...
Sur ces pieds en honneur je ferais un poème, —
mais déjà vous avez ouï chanté ce thème
par madame Zulma Bouffar.

XVI

C'est bien ce que comprit le héros de ce conte
en voyant trottiner la femme en question...
Il se remit debout tout rougissant de honte.
Là-dessus achevons notre description :
Sur un col qu'entourait une chaude fourrure,
souriait au prochain la plus douce figure
qu'un Chaplin ait jamais dessinée en sa fleur,
un de ces frais minois à la forme peu grecque,
nommé vulgairement figure de kepseake ; —
c'est de l'anglais, et du meilleur !

XVII

Tout esprit, tout gaîté, tout joie et tout sourire,
des yeux malicieux, avec un petit né,
des dents blanches, et lèvre ardente, langue pire...
tout ce qui constitue un minois chiffonné,
rien de pur, rien de droit, rien de correct, — on tremble
en songeant aux détails sans beauté, — mais l'ensemble!
ce n'était pas des yeux fendus, un front poli!
mais quelque chose plein d'une grâce incroyable;
si cet ensemble-là, — c'est la beauté du diable,
— alors le diable est bien joli!

XVIII

Notre lunarien, auquel il faut qu'on songe
à donner un prénom, tout au moins n'était rien
moins qu'amoureux... Ce nom dans le travail me plonge!
Sois encor patient, ô bon lunarien.

un nom, cela sera plus simple et plus commode,
oui, mais comme il descend tout droit d'un antipode,
il faut un nom savant... s'il s'appelait Machin,
cela n'est pas commun, au contraire, — ou bien Chose...
Allons, j'ai fait encor tout un couplet sans cause,—
la suite au numéro prochain.

XIX

Don Juan-ben-Amed-Fo me semble un nom d'élite,
pour un lunarien il fallait un bon choix;
j'ai donc imaginé ce nom cosmopolite,
espagnol et persan, mâtiné de chinois.
Si quelque vieux savant y trouvait à redire,
et, comme anti-lunaire, exerçait sa satire,
je le prierais d'aller y voir tout au plus tôt...
Mon appellation d'ailleurs paraît plaisante
à mon héros : voilà pourquoi, lecteur, je vous présente
monsieur don Juan-ben-Amed-Fo!

XX

Pour elle, j'ai le nom tout trouvé... c'est Bleuette!
pour moi ce mot résume un idéal charmant;
toutes celles qui sont de nàture coquette,
et que je fais aimer dans le cours d'un roman,
toutes celles qui sont poétiques et belles,
toutes celles pour qui je rime, — toutes celles
à qui je donne un peu d'amour ou bien de foi
s'appellent de ce nom... ces droits sont bien les nôtres.
Bleuette existe... elle a d'autres noms pour les autres,
Bleuette, c'est mon nom à moi!

XXI

Don Juan-ben-Amed-Fo se leva sans rien dire
et, droit comme un planton, resta ferme et muet
devant la jeune femme... Elle se mit à rire;
puis voyant ce monsieur qui ne se remuait

pas plus qu'un cabestan, du bout de son ombrelle
elle le toucha... Sans broncher d'une semelle
Ben-Amed-Fo sourit d'un sourire pantois,
comme s'il se plaisait à ces allures gaies, —
et Bleuette reprit : « C'est tout ce que tu paies,
dis, vieux petit bonhomme en bois ? »

XXII

Ben-Amed-Fo flatté, nous devons bien le croire,
sourit sur nouveaux frais et dit d'un air courtois :
« Vous êtes bien aimable, et ce m'est une gloire
« que vous me distinguiez, — je ne suis pas en bois...
« Car si j'étais en bois, au feu de vos prunelles
« j'aurais brûlé tout comme un paquet de chandelles,
« et je serais déjà carbonisé partout. »
Puis il lui dit encor des choses mémorables
dans ce goût, — vous pouvez en trouver de semblables
sur tous les mirlitons d'un sou,

XXIII

ou bien dans les bonbons que Siraudin s'avise
d'appeler diablotins, *et qui sont objets d'art,*
car outre qu'on y lit une fade devise,
en les tirant à deux, on entend un pétard.
C'est là-dedans que j'ai compris la poésie,
en lisant une strophe au chocolat, moisie,
je me suis écrié : « Je suis poète aussi. »
Du Parnasse, depuis, j'escalade la côte, —
assez péniblement — et ce n'est pas la faute
à Boissier, si j'ai réussi !

XXIV

Bleuette ne vit là qu'un compliment. Pauvre ange !
Les femmes en tous temps, — c'est un fait absolu,
n'ont pas su résister à la moindre louange :
la femme est un oiseau, l'hyperbole est sa glu.
Les plus beaux vers d'Hugo, les strophes les plus belles
du gracieux Musset ne valent pas pour elles

le quatrain ampoulé d'un amant bien frappé...
Les compliments sont doux, si l'or est bon à prendre.
C'est la raison qui fait, lecteur, que par Clitandre
Mondor sera toujours trompé !

XXV

Don Juan, pâle, attendit l'effet de ses paroles,
tremblant d'avoir déplu :— « Vous êtes étranger?
monsieur. » — « Oui, reprit-il. Je suis des Batignolles
et je puis accepter votre bras sans danger. »
Don Juan planait au ciel... Passait un fiacre à vide,
elle y monta. Don Juan l'y suivit, tout timide...
Elle le regardait ; il ne soufflait pas mot.
« Seule avec vous, monsieur! Ah! que je suis coupable
Pourtant de me tromper vous semblez incapable ;
menez moi souper chez Foyot. »

XXVI

Et le fiacre partit au grand trot de ses rosses.
Elle baissait les yeux : Juan-Ben-Amed, le fat,

se pourléchait la lèvre en pensant à des noces
et s'appelait, à part, Fronsac ou scélérat.
—« Ah! qu'allez-vous penser de moi, s'écria-t elle? »
Elle fondit en pleurs, les pleurs la rendant belle;
Don Juan se rengorgeait dans son orgueil charnel
et regardait pleurer sa victime avec gloire.
« Je m'en vais vous conter, monsieur, ma courte histoire :
Je suis veuve d'un colonel! »

XXVII

Le fiacre s'arrêta... là, derrière les vitres,
s'étalaient des homards, des terrines, du thon,
un ours, deux sangliers, et des bourriches d'huîtres
et des glaces d'antan ; —le tout en vieux carton.
La veuve inconsolable escalada l'échelle
qui servait d'escalier : Don Juan suivit la belle
et le garçon malin ouvrit un cabinet...
La porte se ferma sur cet aimable couple...
A parler le grivois notre muse est peu souple;
aussi je m'arrête tout net!

XXVIII

La muse qui nous plaît est la muse gauloise,
toujours le rire aux dents, le sein décolleté,
pudique avec cela, tout en restant grivoise,
et sachant mettre un frein à la témérité.
C'est une paysanne aux appas bien robustes
qui se laisse coucher sous les discrets arbustes,
qui rit en rougissant aux propos des bons gas,
dont on baise la joue et les lèvres si proches,
— mais qui vous administre un dixain de taloches
quand les mains descendent trop bas.

XXIX

Ils mangent un perdreau truffé que le Laffite
et le Château-Margaux sont venus arroser.
La belle est fort émue et Don Juan en profite,
scélérat d'étranger! — pour lui prendre un baiser;
elle se défend mal, — il en prend un deuxième.
Pour Dieu que je voudrais, que dans notre poème,

—pour me tirer de peine—il survînt des témoins,
mais je n'en vois aucun; soyons donc philosophe,
et, pour y couper court, dans ma prochaine strophe
Alignons dix lignes de points.

XXX

. . . .
. . . .
. . . .
. . . .
. . . .
. . . .
. . . .
. . . .
. . . .
. . . .

XXXI

Rien ne vaut un souper avec une maîtresse
aimée et qui n'est pas béte à manger du foin.
Le champagne vous verse une élégante ivresse,
on peut causer à deux et rire sans témoin.

Tête-à-tête charmant près d'une belle fille,
quand fume un plat exquis, quand la mousse pétille,
— la mousse qui vous fait jeune et spirituel.....
Quand, si l'on est trop loin, sur la chaise de paille
plus près, sur l'ottomane, on enlace la taille
de la belle, — alors c'est le ciel.

XXXII

On a d'abord eu soin de pousser dans leur gâche
les verroux indiscrets, respectés du garçon; —
tandis qu'un autre couple, à quatre pas, se fâche
et qu'un autre plus gai fredonne une chanson...
Tandis que l'omnibus ébranle au loin les vitres,
tandis que l'écaillère, en bas, ouvre des huîtres
pour quatre Anglais poussifs occupés d'autres soins,
alors si, dans ce bruit qui de partout s'élance,
vous, vous ne dites rien — voluptueux silence, —
vous n'en pensez pas beaucoup moins.

XXXIII

Et, quand après longtemps de ce silence honnête
vous mandez le garçon pour payer le total,

comme négligemment vous tirez la sonnette
en murmurant à part quelque couplet banal ;
pendant que le garçon baisse les yeux sur place,
pendant que votre belle, attentive, à la glace
non sans quelque embarras arrange ses rubans,
que si, — final forcé de pareille aventure,
vous dites au garçon qu'il cherche une voiture ;
vous prenez des airs triomphants.

CCLXIV

C'était par les frimas d'un beau soir de décembre :
nous étions à souper avec quelques amis :
les truffes embaumaient la poularde et la chambre ;
le champagne coulait à flots. — On m'avait mis

à côté d'une fille au profil transtevère,
qui se trompait parfois, et nous changions de verre;
elle avait un front pur sous des cheveux soyeux ;—
les sourcils bruns, le col d'un beau jaune de cuivre,
on se serait damné pour elle, — j'étais ivre
de champagne et de ses beaux yeux.

CCLXV

Et je lui récitais des madrigaux qu'Ovide
eût signés, s'ils avaient été faits en latin,
et je la dévorais de mon regard avide,
tout chargé de ce feu que donne le festin...
Et tout en me flattant, pour brusquer ma conquête,
je me donnai tout bas le titre de poète...
Alors, à son amour, la belle mit un prix :
— « Vous allez, me dit-elle, écrire un long poème
où je serai partout... » Des vers, bonté suprême!
vous dire si j'en fus surpris.

CCLXVI

Pourtant je commençai, — belle était la matière ;
je voulais, choisissant une aimable Phryné,

dont j'aurais raconté la conduite légère,
la réhabiliter à vous rendre étonné. —
L'amour qu'elle aurait eu pour le héros du conte,
l'aurait, par sortilége, arrachée à sa honte ;
un beau jour à sa nuit eût pu remédier. —
Je volais à Hugo son idée et sa forme :
Bleuette aurait été la Marion de Lorme
et le lunarien Didier.

CCLXVII

Donc le lunarien, c'est moi, — la belle brune
s'agitait sous Bleuette, et tout était au mieux. —
Et si j'avais choisi cet homme de la lune,
c'est qu'avec un Français mon conte était douteux.
Donc, j'avais obéi. Je taquinai les Muses,
aux rimes je tendis des piéges et des ruses ;
ma plume avait grincé, ma lyre avait frémi.
—... Pendant que je rimais, j'appris que la drôlesse
m'avait indignement trompé, — double traîtresse!
avec mon plus intime ami.

CCLXVIII

Alors je plante là mon héros, qui demande
si j'ai perdu l'esprit, — et, tout en m'excusant
auprès de mon lecteur de la liberté grande,
qu'il me pardonnerait s'il était complaisant, —
je l'arrache tout vif à sa bonne fortune,
et le ramène au pas relevé dans la lune,
dans cet astre serein, chaste et point débauché,
dont il n'eût dû jamais quitter le pur domaine, —
et sa femme lui fait, en rentrant, une scène,
parce qu'il avait découché.

FIN

TABLE DES MATIÈRES

Justification du tirage

des

PÉCHÉS VÉNIELS

Papier vergé	250
Papier de Chine	4
Papier Whatman	4
Papier de vélin (réservés). . .	2
	260

Tous les exemplaires sont numérotés.

N°

Achevé d'imprimer

PAR

ALCAN-LÉVY

Boulevard de Clichy, 62

le août

M D CCC LXVIII

www.ingramcontent.com/pod-product-compliance
Ingram Content Group UK Ltd.
Pitfield, Milton Keynes, MK11 3LW, UK
UKHW021557260726
13993UKWH00002B/894

9 782329 425559